Esteban de Luna, Baby Rescuer!

Esteban de Luna, ¡rescatador de bebés!

By / Por
Larissa M. Mercado-López

Illustrations by / Ilustraciones de
Alex Pardo DeLange

Translation by / Traducción al español de
Gabriela Baeza Ventura

Piñata Books
Arte Público Press
Houston, Texas

Publication of *Esteban de Luna, Baby Rescuer!* is funded in part by a grant from the City of Houston through the Houston Arts Alliance. We are grateful for their support.

Esta edición de *Esteban de Luna, ¡rescatador de bebés!* ha sido subvencionada en parte por la ciudad de Houston a través de la Houston Arts Alliance. Le agradecemos su apoyo.

Piñata Books are full of surprises!
¡Piñata Books están llenos de sorpresas!

Piñata Books
An Imprint of Arte Público Press
University of Houston
4902 Gulf Fwy, Bldg 19, Rm 100
Houston, Texas 77204-2004

Cover design by / Diseño de la portada por Bryan T. Dechter

Library of Congress Cataloging-in-Publication Data available.

∞ The paper used in this publication meets the requirements of the American National Standard for Permanence of Paper for Printed Library Materials Z39.48-1984.

Printed in Hong Kong in October 2016–December 2016
by Book Art Inc. / Paramount Printing Company Limited
10 9 8 7 6 5 4 3 2 1

This book is dedicated to my children, Yuriana, Yamila, Yoltzin and Zacarías,
who are all superheroes in their own special ways.
—LMML

To the everyday heroes of the world.
—APD

Le dedico este libro a mis hijos, Yuriana, Yamila, Yoltzin y Zacarías,
quienes son súper héroes en su propia y especial manera.
—LMML

Para los héroes cotidianos del mundo.
—APD

Esteban has a cape that he wears every day. It is long and green and ripples like a flag on windy afternoons.

He wears it to breakfast. He wears it to the park. He wears it to the doctor's office. He even wears it to the supermarket.

Esteban tiene una capa que usa todos los días. Es larga y verde y hondea como una bandera en las tardes de viento.

La lleva puesta durante el desayuno. La lleva puesta en el parque. La lleva puesta cuando va al doctor. Hasta la lleva puesta cuando va a al supermercado.

He once tried wearing it to bed, but his mom put it in the washing machine. "Even superheroes need to be clean," she said.

Una vez intentó usarla para dormir pero su mamá la metió a la lavadora. —Hasta los súper héroes tienen que estar limpios —dijo.

Esteban loves his cape. But there is one problem: his cape cannot do ANYTHING.

Esteban ama su capa. Pero hay un problema: su capa no hace NADA.

Esteban cannot fly. He cannot jump three stories high. He cannot become invisible. Sadly, he cannot even make his puppy, Chico, disappear in a puff of smoke.

Esteban no puede volar. No puede saltar tan alto como tres pisos. No se puede hacer invisible. Lamentablemente, tampoco puede hacer que su perrito, Chico, desaparezca en una nube de humo.

There is only one thing left to do: sell it.

Esteban makes a sign and sits in his front yard one morning.

"Cape for sale!" he shouts. He sits. And sits. And sits. No luck.

Sólo le queda una opción: venderla.

Una mañana, Esteban hace un letrero y se sienta en el jardín de enfrente.

—¡Se vende una capa! —grita. Espera. Y espera. Y espera. Nada.

Esteban's mom comes out of the house. Esteban's little sister, Lola, wriggles on his mom's back and laughs.

"Let's go to the park!" says their mom.

"¡*Parque!*" cheers Lola.

Esteban puts his cape back on.

La mamá de Esteban sale de la casa. Lola, la hermanita de Esteban, se escabulle en la espalda de su mamá y se ríe.

—¡Vamos al parque! —dice su mamá.

—¡*Park!* —celebra Lola.

Esteban se vuelve a poner su capa.

They walk three blocks to the park. Esteban climbs the rock wall, goes down the slide and heads straight to the swings. There is something on the swing. A baby doll! Esteban looks to the left. Then he looks to the right. The doll is all alone.

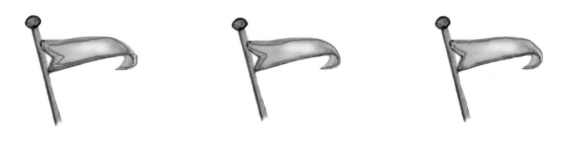

Caminan tres cuadras para llegar al parque. Esteban trepa la muralla con rocas, se desliza por el tobogán y va derechito a los columpios. Hay algo en uno de ellos. ¡Una muñeca! Esteban mira hacia la izquierda. Luego hacia la derecha. La muñeca está solita.

The sky suddenly becomes dark. "Storm coming. *¡Vámonos!* Let's go!" says his mom. Esteban cannot leave the doll. It will get wet and dirty. What should he do?

De repente, el cielo se oscurece. —Viene una tormenta. ¡Vámonos! *Let's go!* —dice su mamá. Esteban no puede dejar la muñeca. Se mojará y se ensuciará. ¿Qué puede hacer?

He has an idea! Esteban wraps the doll in his cape and ties it back on. "Don't worry, baby!" he says. "I'll save you!"

Raindrops plop on his head as he runs back to his mom.

¡Tiene una idea! Esteban envuelve a la muñeca en su capa y se la vuelve a poner. —¡No te preocupes, bebé! —dice—. ¡Yo te salvaré!

Las gotas de lluvia le caen en la cabeza mientras corre hacia su mamá.

On the way home, he jumps over puddles and walks under the bus stop shelters to keep the baby dry. She is tied snugly against Esteban so she does not fall out.

De regreso a casa, Esteban salta sobre charcos y camina debajo de los resguardos de la parada del bus para que no se moje la bebé. Está bien amarrada a Esteban para que no se caiga.

When Esteban gets home, it is time for lunch. He wears the baby in his cape as he sets the table. When it is time to eat, he ties her on his back to keep her clean.

Cuando Esteban regresa a casa, es hora de almorzar. Con la capa, carga a la bebé sobre su pecho mientras pone la mesa. Cuando es hora de comer, se pasa a la bebé a la espalda para que no se ensucie.

All day Esteban protects the doll in his cape. Together, they build towers, watch cartoons and read books with his dad. Before bed, Esteban takes off his cape and puts the baby on a chair.

Esteban protege a la muñeca con su capa todo el día. Juntos, hacen torres, ven caricaturas y leen libros con su papá. Antes de acostarse, Esteban se quita la capa y pone a la bebé en una silla.

She is dry and clean. Esteban has saved the baby. He is a superhero!

Está seca y limpia. Esteban salvó a la bebé. ¡Es un súper héroe!

He will not sell the cape after all.

"From now on," he announces, "I am Esteban de Luna, Baby Rescuer!"

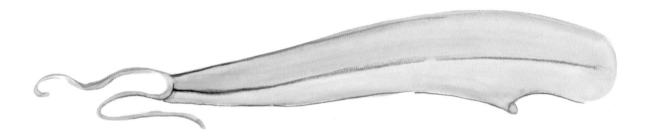

Después de todo, decide no vender la capa.

—Desde ahora en adelante —anuncia— Soy Esteban de Luna, ¡rescatador de bebés!

Larissa M. Mercado-López grew up in the tiny cotton town of Gregory, Texas. She was the oldest of five children and spent her time playing sports and learning how to play the piano and trumpet. As a child, Larissa loved to read and hoped to be an author when she grew up. She went to college at the University of Texas at San Antonio and got her bachelor's degree in Mexican American Studies because she was proud of her culture. Then, Larissa decided that she loved books so much that she would get her Ph.D. in English Literature. Now, Larissa is a professor of Women's Studies at California State University, Fresno, where she teaches college, researches her culture and writes books. She is married to Johnny, a high school math teacher. They have four kids, Yuriana, Yamila, Yoltzin and Zacarías, who give her ideas for new books every day.

Larissa M. Mercado-López creció en el pequeño pueblo algodonero Gregory, Texas. Fue la mayor de cinco hijos y se pasaba el tiempo haciendo deportes y aprendiendo a tocar el piano y la trompeta. A Larissa le gustaba leer desde niña y deseaba ser escritora cuando fuera grande. Fue a la Universidad de Texas en San Antonio y recibió una licenciatura en estudios mexicoamericanos porque está orgullosa de su cultura. Después, Larissa decidió que le gustaban tanto los libros que hizo un doctorado en literatura en inglés. Ahora Larissa es profesora de estudios de la mujer en California State University, Fresno, donde enseña, investiga sobre su cultura y escribe libros. Está casada con Johnny, profesor de matemáticas en una preparatoria. Tienen cuatro niños, Yuriana, Yamila, Yoltzin y Zacarías, quienes le dan ideas para nuevos libros todos los días.

Alex Pardo DeLange is a Venezuelan-born artist educated in Argentina and the United States. A graduate in Fine Arts from the University of Miami, she has illustrated numerous books for children, including all of the books in the *Pepita* series, *The Empanadas that Abuela Made / Las empanadas que hacía la abuela* and *Sip, Slurp, Soup, Soup / Caldo, caldo, caldo*. Pardo DeLange lives in Florida with her husband and three children.

Alex Pardo DeLange es una artista venezolana educada en Argentina y Estados Unidos. Se recibió de la Universidad de Miami con un título en arte. DeLange ha ilustrado muchos libros para niños, entre los que se encuentran todos los de la serie de *Pepita, The Empanadas that Abuela Made / Las empanadas que hacía la abuela* y *Sip, Slurp, Soup, Soup / Caldo, caldo, caldo*. Pardo DeLange vive en Florida con su esposo y sus tres hijos.